けんかにかんぱい！

宮川ひろ　作
小泉るみ子　絵

山田《やま だ》和人《かず と》は三年生《ねんせい》になりました。
クラスがえの発表《はっぴょう》です。
花《か》だんの前《まえ》の掲示板《けいじばん》に、あたらしいクラスの名《めい》ぼがはりだされました。三年生《ねんせい》は二クラスですから、半分《はんぶん》がいれかわります。

和人《かずと》の目《め》が自分《じぶん》の名前《なまえ》をさがして、名《めい》ぼの上《うえ》をはしりました。ありました。去年《きょねん》とおなじ一組《くみ》です。そして、なかよしの西山圭太《にしやまけいた》の名前《なまえ》をさがしていました。そのとき、うしろから圭太《けいた》の声《こえ》です。

「和人《かずと》、いっしょ」
「やったあ」
ふたりはてのひらをパンパンと
タッチです。
「保男《やすお》は？」
ふたりでさがしました。鉄棒《てつぼう》が
うまくて、みんなにさかあがりの
やりかたを、おしえてくれた人気《にんき》

者《もの》の石井保男《いしいやすお》です。

「あ、二組《くみ》へいっちゃったよ」

「一樹《かずき》が一組《くみ》だ」

圭太《けいた》がいいました。

内田一樹《うちだかずき》はドッジボールの名手《めいしゅ》、このごろ少年野球《しょうねんやきゅう》チームにも入《はい》ったということです。

ともみに由香《ゆか》とあやかの三人組《にんぐみ》は、おなじ一組《くみ》になれたことをよろこんでいたのに、

「保男《やすお》くん、二組《くみ》にいっちゃったの」

「どうして」

「いっしょに二組《くみ》にいきたかった」

と、半《はん》べそをかいています。

あたらしい三年《ねん》一組《くみ》の列《れつ》にならんで、始業式《しぎょうしき》がはじまりました。そして、担任《たんにん》の発表《はっぴょう》です。

「三年《ねん》一組《くみ》、中山真先生《なかやままことせんせい》」

真先生《まことせんせい》は、三年《ねん》一組《くみ》の列《れつ》の前《まえ》にたって、にっこりです。去《きょ》年《ねん》は六年生《ねんせい》の先生《せんせい》でした。かみの毛《け》に白《しろ》いものがみえてきた先生《せんせい》です。

そして、はじめての三年《ねん》一組《くみ》の教室《きょうしつ》へ入《はい》りました。

「いちおう、すきなところへすわりなさい」

真先生《まことせんせい》はそういって、みんなが席《せき》につくのをまってから、出席《しゅっせき》をとったり、三年生《ねんせい》おめでとうです。

「けんかもいっぱいして、なかよしの三年《ねん》一組《くみ》にしような」

と、ひとりひとりの顔《かお》をみつめながら、しずかにいいました。

きょうの学級会《がっきゅうかい》は、係活動《かかりかつどう》をきめる日《ひ》です。黒板《こくばん》には係《かかり》の名前《なまえ》が書《か》かれていました。

「やってみたい係《かかり》の下《した》へ、名前《なまえ》を書《か》いてくれ」

真先生《まことせんせい》がいいました。

和人《かずと》はまよっていました。二年生《ねんせい》では「くばりもの係《がかり》」だったけれど、三年生《ねんせい》ではちがう係《かかり》がしてみたい……。

そのとき真先生《まことせんせい》が、かさねていいました。

「自分《じぶん》でかんがえて、ほかにもしてみたい仕事《しごと》があったら、それでもいいんだよ」

和人《かずと》は、このことばを聞《き》いたとき、ふっとひらめいたのが、「けんかとめ係《がかり》」です。

学級《がっきゅう》びらきのとき、真先生《まことせんせい》はいいました。

「けんかもして、なかよしのクラスにしよう」

と。なかよしの三年《ねん》一組《くみ》にするのには、けんかはとめなければいけないと、そう思《おも》ったからです。

和人《かずと》は黒板《こくばん》のところへでていくと、

けんかとめ係　山田和人

と書《か》きました。

すると真先生《まことせんせい》は、和人《かずと》のところへよってきていいました。

「おいおい、けんかはとめるものではないぞ。しっかりとやらせるものだろう」

「え？　だって、けんかしてたら、なかよしになれないでしょう」

和人《かずと》は、真先生《まことせんせい》のことばが、よくわからないままです。

「けんかっていうのは、くやしいとか、わかってほしいとか、いいたいことがあるから、けんかになるんだろう。ちゃんと

けんかをして、いいたいことをしっかりといって、わかりあって、それでなかよしになるんだろうが」

真先生《まことせんせい》は、いいました。

わかったような、わからないような和人《かずと》です。

「そうだな……それでもな、けがをさせそうなけんかは、とめなければいけないし、とめてもらいたいけんかもある。もうやめたいのにやめられない、そんなとき、とめてもらうとありがたいものな。『けんかとめ係《がかり》』うまくやってくれよ、

うん」

真先生《まことせんせい》は、和人《かずと》のかたをぽんとたたいていいました。

せっかくいい係《かかり》を思《おも》いついたのになと、ちょっとおもしろくない和人《かずと》でしたが、「とめ」をとって、「けんか係《がかり》」と書《か》きなおしました。

「ただいまー」

和人《かずと》はつまんないという声《こえ》で、おじいちゃんのほうの玄関《げんかん》へかえってきました。

和人《かずと》の家《いえ》は、二世帯住宅《せたいじゅうたく》という家《いえ》です。一階《かい》がおじいちゃんとおばあちゃんの家《いえ》、二階《かい》が和人《かずと》たちの家《いえ》です。玄関《げんかん》も台所《だいどころ》も別《べつ》べつだけれど、家《いえ》のなかはつながっているから、自由《じゆう》にいったりきたりです。

おとうさんとおかあさんは、お勤《つと》めなので、夕方《ゆうがた》までは、

おじいちゃんのところですごします。

「おかえり。どうした、なにかあったのか」

おじいちゃんは、玄関《げんかん》までできてむかえてくれました。

「ぼく『けんかとめ係《がかり》』になりたかったんだけど、先生《せんせい》ったらさ『けんかはとめるものではない。とことんやらせるものだ』っていうんだもの。『けんか係《がかり》』にしてきちゃった」

和人《かずと》はランドセルをおろしながら、口《くち》をとんがらせています。

「そうか、そりゃあいい先生《せんせい》だ。りっぱな先生《せんせい》だ、けんかはしっかりやらせるものよ。そこまでわかってくれる先生《せんせい》は、なかなかいないぞ」

おじいちゃんも、先生《せんせい》とおなじことをいいました。

「とめなければいけない、けんかもあるよ。けんか係《がかり》、しっかりおやり」

台所《だいどころ》からおばあちゃんの声《こえ》です。そしておばあちゃんは、ながしを洗《あら》いながらうたいだしました。

子《こ》どもと子《こ》どもが　けんかして
くすりやさんが　とめたけど
なかなか　なかなか　とまらない
人《ひと》たちゃ笑《わら》う　親《おや》おこる

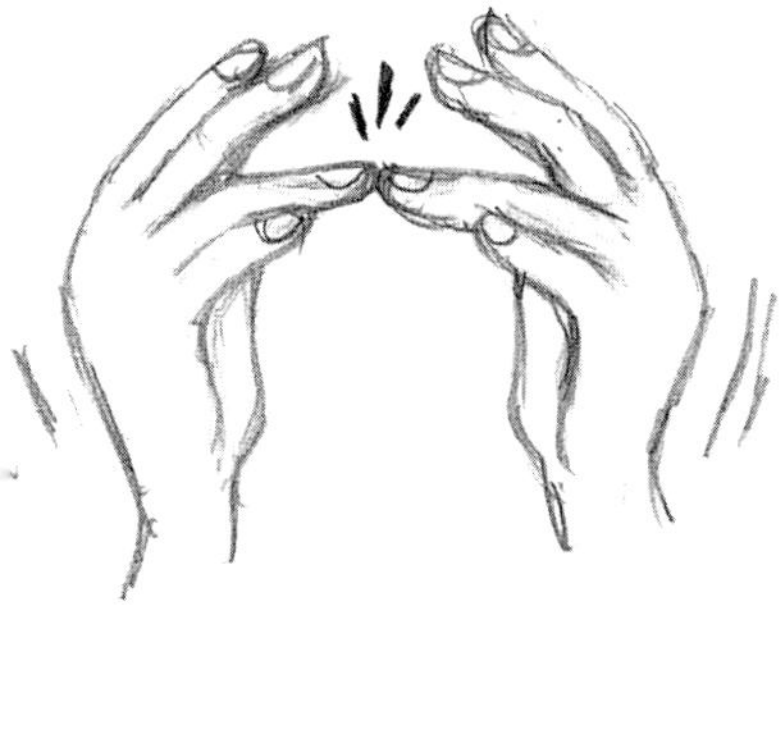

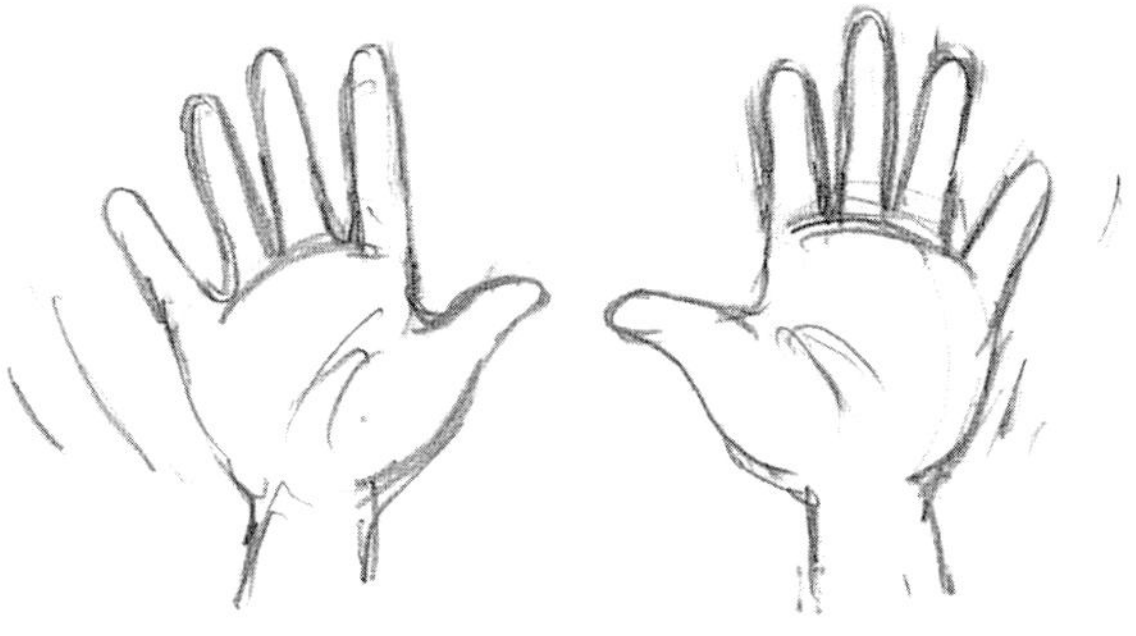

「それ、なんの歌《うた》」

和人《かずと》が聞《き》きました。

「けんか係《がかり》の歌《うた》よ。指《ゆび》あそびのわらべうたよ」

おばあちゃんは両手《りょうて》の指《ゆび》をつきあわせながら、またうたってくれました。

いっしょに何回《なんかい》もうたううちに、先生《せんせい》やおじいちゃんのことばも、少《すこ》しわかってきたような和人《かずと》です。

＊

三年生《ねんせい》になって、はじめての日曜日《にちようび》、校庭《こうてい》が開放《かいほう》される日《ひ》です。和人《かずと》は、だれかきていないかなと思《おも》いながら、サッカーボールをかかえていってみました。

プールのよこで一樹《かずき》が、バッティングの練習《れんしゅう》をしていました。ボールを投《な》げているのは石川修一《いしかわしゅういち》です。

（へえ、一樹《かずき》とはおなじクラスになったばかりなのに、いつ

なかよしになったんだ）

和人《かずと》は鉄棒《てつぼう》のそばのさくらの木《き》の下《した》で、ひとりでリフティングやヘディングをしながら、ようすをみていました。

一樹《かずき》が打《う》ったボールを、ひろってきてはなげる修一《しゅういち》です。しんけんに投《な》げたり打《う》ったり……。なんだか近《ちか》くへいきにくいような雰囲気《ふんいき》です。

そのうちにこうたいするだろうから、そうしたらいってみよう……。そう思《おも》っているのに、いっこうにこうたいするよ

うすがありません。

ときどき一樹《かずき》が声《こえ》をあげます。

「もっとはやい球《たま》を投《な》げろよ」

打《う》った球《たま》をひろいに走《はし》る修一《しゅういち》の足《あし》が、つかれているようです。

和人《かずと》は、

（あれ？　おかしいぞ）

と思《おも》いました。

気《き》の弱《よわ》い修一《しゅういち》です。あそんでいるのではなくて、一樹《かずき》のピッチングマシンをさせられているのだ……。

「やってるね。何回《なんかい》打《う》ったら、

こうたい？」
和人《かずと》は近《ちか》くへいって、そういってみました。
「こうたいなし。修一《しゅういち》の、ピッチャーの練習《れんしゅう》に、つきあって
やっているのさ」
一樹《かずき》はそんなことをいいました。
「それなら、キャッチボールをすればいいじゃあないか。修《しゅう》
一《いち》だって打《う》ちたいんだろう」
和人《かずと》は修一《しゅういち》のほうをみながら、ほんとうは一樹《かずき》にいってい

ました。

「あれ、もう野球《やきゅう》チームの練習《れんしゅう》の時間《じかん》」

一樹《かずき》はそういうと、バットをかついでにげるようにいってしまいました。

「球《たま》ひろいばっかりで、つかれたんだろう。こうたいしてよって、ちゃんといわなきゃあだめだよ」

和人《かずと》がそういうと、

「いえば、けんかになるだけだもの」

ぼそぼそっという修一《しゅういち》です。

「けんかをするんだよ。いいたいことをしっかりといって、そうしてほんとうのなかよしになるんだよ」

真先生《まことせんせい》にいわれたことばを、そのままいっている和人《かずと》でした。

話《はな》しながら、サッカーボールをけりあって、すこしあそんでさよならです。

校門《こうもん》をでたところで、門《もん》の前《まえ》の文房具屋《ぶんぼうぐや》さんからでてきたのは、なかよしの圭太《けいた》でした。

「お！」

和人《かずと》が声《こえ》をかけると、圭太《けいた》は和人《かずと》のところへよってきて、

「おかあさんにさ、『自転車《じてんしゃ》、もうすこしまってね』って、いわれちゃった」

と、圭太《けいた》のしずんだ声《こえ》です。

圭太《けいた》は、保育園《ほいくえん》のころに買《か》ってもらった、16インチの自転《じてん》

車《しゃ》に、いまも乗《の》っています。さびて古《ふる》くなりました。小《ちい》さくなって、圭太《けいた》の体《からだ》に合《あ》わなくなっています。

「三年生《ねんせい》になったら、新《あたら》しいのを買《か》ってあげるからね」

と、圭太《けいた》のおかあさんは、約束《やくそく》してくれていました。圭太《けいた》はうれしくて、みんなにいってしまっていたのです。

圭太《けいた》の家《いえ》は、バス通《どお》りにあった花屋《はなや》さんでした。いいえ、去年《きょねん》の暮《く》れまでは、バスはとおっていませんでした。

バスは元旦《がんたん》から走《はし》りました。百円《ひゃくえん》のじゅんかんバスです。

駅《えき》は高《たか》いところにあって、ゆるやかなのぼり坂《ざか》です。バスの開通《かいつう》をみんながよろこびました。

ところが、みんなバスに乗《の》って、人通《ひとどお》りはぱったりとすくなくなって……。花《はな》の売《う》りあげは、へってしまったのです。売《う》れない花《はな》は、すぐだめになって……。

二月《がつ》の末《すえ》に店《みせ》をしめました。

「どこか、いい場所《ばしょ》をさがすしかないなあ」

「銀行《ぎんこう》はお金《かね》をかしてくれるかしら」

おとうさんとおかあさんは、頭《あたま》をいためています。

約束《やくそく》でしょうなんて、いえない圭太《けいた》です。

「そうか、ぼくの自転車《じてんしゃ》で、いっしょにあそべばいいよ、な」

そんなことしかいえない和人《かずと》でした。

＊

四月《がつ》も、もうのこりすくなくなって、新《あたら》しい先生《せんせい》にもクラスにもだいぶなれてきた和人《かずと》です。

「よ！」

「お！」

朝《あさ》の昇降口《しょうこうぐち》で、二組《くみ》へいってしまった保男《やすお》といっしょになって、声《こえ》をかけあっておはようです。

クラスがかわって、なんとなく遠《とお》くなっていた、ふたりでした。

「また、あそびにいっていい？」

保男《やすお》がいいました。

「いいさ、こいよ。おじいちゃんにもいっとくからさ」

保男《やすお》は、おじいちゃんのファ

ンです。

「土曜《どよう》のひるすぎにね」

「うん、二時《じ》ごろな。まってる」

かんたんに約束《やくそく》ができました。

おじいちゃんは退職《たいしょく》すると、ボランティアで「紙《かみ》しばいおじさん」になりました。子《こ》どもだったころ、紙《かみ》しばいがだいすきで、一日《にち》に一回《かい》まわってきてくれる、紙《かみ》しばいの拍子木《ひょうしぎ》の音《おと》をまっていたのだとか。

おじいちゃんはいま、幼稚園《ようちえん》や保育園《ほいくえん》、お年寄《としよ》りのホームなどをまわっています。

おじいちゃんは、お話《はなし》もつくって絵《え》もかきます。保男《やすお》は絵《え》がうまくて、ときどき色《いろ》つけを手伝《てつだ》ったり、ホームへもいっしょにいってくれたりでした。

「おはよう」

朝《あさ》の教室《きょうしつ》へ入《はい》ってみると、まだ五、六人《にん》しかきていません。

そこへ、ともみと由香《ゆか》が、おはようもいわずに入《はい》ってきまし

た。いつだって三人組《にんぐみ》だったのに、きょうは、あやかがいっしょではありません。

(あれ、どうしたんだ?)

と思《おも》っているところへ、ひと足《あし》おくれて入《はい》ってきたのがあやかです。しょぼんと下《した》をむいたままでした。

あやかが入《はい》ってくると、ともみと由香《ゆか》はすうっとでていってしまいました。

(おかしい。なにがあったんだ?)

和人《かずと》はちょっと気《き》になったけれど、外《そと》へいこうと思《おも》って、ろうかへでました。

階段《かいだん》のおどり場《ば》で、ともみと由香《ゆか》が、なにやらいいあっています。

「あやかって、じまん気《げ》にね」

「『習字《しゅうじ》の塾《じゅく》に保男《やすお》くんが入《はい》ってきたの。きのう、ならんだ席《せき》で書《か》いたのよ』だってさ」

ぶつぶつといっています。

（はは―ん。やきもちをやいているんだな）

人気者《にんきもの》だった保男《やすお》が二組《くみ》へいってしまって、さびしがっていた三人組《にんぐみ》です。それが、あやかだけ習字《しゅうじ》の塾《じゅく》でいっしょになって……。

（あやかのやつ、じまん気《げ》にいったから、ふたりはくやしがっているんだ）

和人《かずと》はふたりのよこをとおりぬけながら、さらりといってみました。

「いいたいことがあるんなら、なかまはずれにしないで、ちゃんといったほうがいいんじゃない。

そうだ。こんどの土曜日《どようび》の二時《じ》、保男《やすお》がうちへあそびにくるよ。いっしょにこないか」

「え、保男《やすお》くんがいくの」

「そうだよ、約束《やくそく》したんだ。やならいいけど」

和人《かずと》はちょっと、いじわるにいってやりました。

「いく、いく」

「いってもいいの」
「いいさ、なかよし三人組《にんぐみ》でこいよな。おじいちゃんといっしょに、紙《かみ》しばいをもってホームにいくかもしれない」
和人《かずと》はそれだけいって、運動《うんどう》場《じょう》へでていきました。

和人《かずと》は家《いえ》にかえるなり、おじいちゃんにもつたえておきました。

「土曜日《どようび》に、保男《やすお》があそびにきてくれるって。それから、ちょっとおかしくなっている三人組《にんぐみ》もね」

「ほう、それはいい。三人《にん》そろってきてくれるかな」

おじいちゃんも楽《たの》しみという顔《かお》です。

土曜日《どようび》の午後《ごご》になりました。おじいちゃんは、ホーム「ひまわり」へでかけるじゅんびです。

二時《じ》すこし前《まえ》に保男《やすお》がやってきました。おいかけるようにやってきたのが三人組《にんぐみ》です。どのようになかなおりができたのか、あやかも笑顔《えがお》になっていました。

「おお、おお、よくきてくれた。子《こ》どもがいっしょだと、お年寄《としよ》りがよろこんでくれる。ありがとう」

おじいちゃんも、はりきっています。

おじいちゃんが運転《うんてん》する車《くるま》に、紙《かみ》しばいと舞台《ぶたい》と拍子木《ひょうしぎ》、そして和人《かずと》たち五人《にん》を乗《の》せて出発《しゅっぱつ》です。

若がえりの水

ホームへつくと、和人《かずと》と保男《やすお》は拍子木《ひょうしぎ》をならして、「はじまります」のあいずです。三人組《にんぐみ》は、ホールへいすをならべるお手伝《てつだ》い。おじいちゃんは紙《かみ》しばいを舞台《ぶたい》にいれて、心《こころ》のじゅんびです。

お年寄《としよ》りがよろこんでくれるのは、むかしばなし。きょうの出《だ》し物《もの》は「若《わか》がえりの水《みず》」と「食《く》わず女房《にょうぼう》」です。

和人《かずと》が打《う》つ拍子木《ひょうしぎ》の音《おと》がはやくなって、舞台《ぶたい》はひらかれました。

大《おお》きな拍手《はくしゅ》にむかえられて、おじいちゃんの名調子《めいちょうし》です。

――むかし、あるところに、なかのいい、じいとばあがおらっしゃってな――

おじいちゃん、おばあちゃんたちは、体《からだ》をのりだして舞台《ぶたい》をみつめています。うなずいたり笑《わら》ったり、和人《かずと》たちもいっしょになって楽《たの》しめました。

なりやまない拍手《はくしゅ》のなかで、紙《かみ》しばいが終《お》わりました。

つづいて、ホームのみちよ先生《せんせい》が、ピアノの前《まえ》にすわりま

した。

「むかしうたったなつかしい歌《うた》を、ごいっしょにどうぞ」

〈夕焼《ゆうや》け小焼《こや》け〉〈靴《くつ》が鳴《な》る〉〈月《つき》の沙漠《さばく》〉〈海《うみ》〉〈故郷《ふるさと》〉

一曲《きょく》うたうたびに、みんなの顔《かお》がかがやいていきます。

和人《かずと》たちには、しっている歌《うた》としらない歌《うた》がありました。

しらない歌《うた》はハミングで、しっている歌《うた》は声《こえ》をあわせて、はずんでいっしょにうたいました。

「またきておくれよ」

「ありがとう」

そんな声《こえ》におくられて、さよならです。

「楽《たの》しかったね」

と三人組《にんぐみ》。

「またいきたいよ」

と、拍子木《ひょうしぎ》をだいたままの保男《やすお》です。

かえりの車《くるま》のなかで、和人《かずと》はいきなり、うたいだしました。

子《こ》どもと子《こ》どもが
けんかして
くすりやさんが
とめたけど
なかなか　なかなか
とまらない
人《ひと》たちゃ笑《わら》う
親《おや》おこる

保男《やすお》とともみがあとにつづきました。しっていたのです。あやかと由香《ゆか》にもおしえてやって、指《ゆび》あそびでうたっているうちに、かえりつきました。

ありがとう。

ごくろうさま。

おじいちゃんも大《おお》きく手《て》をふって、さよならです。

「けんか係《がかり》、うまくやれたじゃあないか」

おじいちゃんは、玄関《げんかん》へ入《はい》りながらいってくれました。

「うん、ありがとう」

和人《かずと》の明《あか》るい声《こえ》です。

＊

三年生《ねんせい》になると、教室《きょうしつ》のほかに体育館《たいいくかん》へいく、わたりろうかのそうじが、わりあてられました。すのこをおこして、ほうきでたたきをはいて、すのこをもどして、ぞうきんでふくという作業《さぎょう》です。

きょうは和人《かずと》たち、三班《ぱん》の当番《とうばん》です。

和人《かずと》と一樹《かずき》ですのこをおこしました。そしてすのこをもどしてもまだ、修一《しゅういち》のすがたがみえません。

「修一《しゅういち》のやつ、なにしてるんだ」

一樹《かずき》のいらだった声《こえ》です。

そこへ修一《しゅういち》が走《はし》ってきました。

「ごめん、ごめん。昇降口《しょうこうぐち》のところをとおったら、一年生《ねんせい》の子《こ》が、くつがなくなったって泣《な》いていたから、いっしょにさがしてやってて、おくれちゃった。ごめんな」

修一《しゅういち》はみんなに頭《あたま》をさげながらいいました。

「なにがごめんだよ、一年生《ねんせい》だよ。そうじがいやでさぼってたんだろう。もう終《お》わっちゃうよ、終《お》わるころをみはからってきたんだろう」

そういったのは一樹《かずき》です。いつも修一《しゅういち》にピッチングマシン

をさせている一樹《かずき》です。
「おくれたのは悪《わる》かったよ。でも、そうじがいやでさぼっていたんじゃあないぞ」
いつもはいわれっぱなしの修《しゅう》一《いち》が、体《からだ》いっぱいの声《こえ》でいいかえしました。
(いいぞ修一《しゅういち》、いいたいことを

ちゃんといえよ）

和人《かずと》はそっとみていました。

「もう、けんかしないでよ」

女《おんな》の子《こ》たちの声《こえ》です。

和人《かずと》は、女《おんな》の子《こ》たちがとめようと間《あいだ》に入《はい》るのを、そっとおさえて、みまもりました。

「修一《しゅういち》、さぼるいいわけうまいじゃあないか」

一樹《かずき》が体《からだ》をゆすって、からかうようないいかたです。

そのとき修一《しゅういち》は、体育館《たいいくかん》の入《い》り口《ぐち》においてあったいすをとってくると、一樹《かずき》めがけてふりあげたのです。

和人《かずと》はびっくりして、とっさにうしろから修一《しゅういち》の手《て》をおさえこむと、だれもいないところへむけて、いすをほうりだしました。

「いすはあぶない。とっくみあいでやれよ」

和人《かずと》から修一《しゅういち》への、おうえんの声《こえ》です。

修一《しゅういち》は、日《ひ》ごろのくやしさを体《からだ》じゅうにこめて、一樹《かずき》にと

びかかっていきました。

いつもはおとなしい修一《しゅういち》の、怒《いか》りくるった力《ちから》に、一樹《かずき》もたじたじです。上《うえ》になったり下《した》になったり、修一《しゅういち》も負《ま》けてはおりません。

「和人《かずと》くんとめてよ。けんか係《がかり》でしょっ」

女《おんな》の子《こ》たちがいいます。

「とめてはいけない、けんかもあるんだ」

和人《かずと》はきっぱりといいました。

ふたりとも、だいぶくたびれてきたようです。よろよろと、ふたりいっしょに立《た》ちあがると、はにかんだような顔《かお》をみあわせています。

「いいけんかだった。これでなかなおり、な」

和人《かずと》が手《て》をたたくと、女《おんな》の子《こ》たちもほっとしたようすです。

そこへ真先生《まことせんせい》が、そうじのようすをみにまわってきました。

女《おんな》の子《こ》たちがふたりのけんかを、くわしく話《はな》しています。

「そうか、それでなかなおりできたのか。けんか係《がかり》、ごくろうさま」

真先生《まことせんせい》のさわやかな声《こえ》です。

＊

金曜日《きんようび》の夜《よる》の台所《だいどころ》です。

夕《ゆう》ごはんは和人《かずと》のすきなギョウザ。

「いっぱいつくって、おばあちゃんのところへもとどけようね」

おかあさんはそういいながら、たねにするハクサイやニラをきざんでいます。

和人《かずと》も皮《かわ》にたねをつつむお手伝《てつだ》いです。

二まいの大皿《おおざら》いっぱいにできあがりました。

「おばあちゃんのところへ、あげてくるね」

和人《かずと》はラップした大皿《おおざら》をかかえて、階段《かいだん》をかけおりると、

「おまちどうさま、ギョウザの出前《でまえ》です」

景気《けいき》よくいってとどけると、また階段《かいだん》をかけあがりました。

そこへおとうさんもかえってきて、

「ただいま」

ごきげんな声《こえ》です。

「きょう昼休《ひるやす》みにさ、万年筆屋《まんねんひつや》さんをのぞいてみたんだよ。ちょっとためし書《が》きをさせてもらったら、書《か》きやすいんだ。すこし高《たか》かったけど、思《おも》いきってカードで買《か》っちゃった」

おとうさんはスーツのポケットから、だいじそうに小《ちい》さなつつみをとりだしました。

「すこし高《たか》かったって？」

おかあさんのきびしい声《こえ》です。

「う、うん、五万円《まんえん》ちょっとでたかな……」

おとうさんの声《こえ》が小《ちい》さくなりました。

そのしゅんかんです。

おかあさんの手《て》がのびて、おとうさんのおでこをピシャンとたたいたのです。

「あっ」

おとうさんと和人《かずと》の声《こえ》がかさなりました。こんなおかあさんをみたのは、はじめてです。和人《かずと》はびっくりして、

「ぼく、おばあちゃんちでごはんにする」

そういうと、にげるように階段《かいだん》をかけおりていきました。

「おかあさんがさあ……おとうさんがね……」

と、和人《かずと》のことばは、ちゃんとつながりません。

「そうか、そうか」

「へえ、やっちゃったか」

おじいちゃんとおばあちゃんは、気《き》らくに笑《わら》っているばかりです。

「心配《しんぱい》じゃあないの」

和人《かずと》の声《こえ》が、べそをかいています。

「心配《しんぱい》ない、心配《しんぱい》ない」

「イヌもくわない、夫婦《ふうふ》げんかよ」

おばあちゃんは、和人《かずと》のかたをとんとんしながら、笑《わら》って

いいました。

おとうさんとおかあさんは、結婚《けっこん》したとき、いくつかの約《やく》束《そく》をして……。高値《たかね》のものを買《か》うときは、おたがいに相談《そうだん》してから買《か》う、ということだったのに……。相談《そうだん》もなしに買《か》ってしまったから、おかあさんが怒《おこ》ったというのです。

おとうさんはペンの字《じ》がじょうずです。万年筆《まんねんひつ》も、何本《なんぼん》ももっています。仕事《しごと》はパソコンでしますが、手紙《てがみ》などはみんなペンで書《か》きます。

「おとうさんの字《じ》は、ほんとうにいい字《じ》」

おかあさんもしみじみといいます。

「約束《やくそく》は、まもらないといけないな」

おじいちゃんがいいました。

「だれかさんも、ときどきまもりませんでしたがね」

おばあちゃんが、ウインクしています。

「こんやは、こっちでごはんにしなさい」

おばあちゃんは、ギョウザをやきながらいいました。おじ

いちゃんは階段《かいだん》の下《した》から

「和人《かずと》はこっちでごはんにするから」

大《おお》きな声《こえ》でいってくれました。

和人《かずと》は、天井《てんじょう》の上《うえ》の二階《かい》のようすを気《き》にしながら、ギョウザをたべました。

たべ終《お》わると、ますます気《き》になって、天井《てんじょう》をみあげてしまいます。

二階《かい》はしずかです。和人《かずと》はそおっと、階段《かいだん》をのぼっていっ

てみました。

おとうさんとおかあさんの、笑《わら》い声《ごえ》が聞《き》こえてきます。しずかにドアをあけてみました。

おとうさんとおかあさんは、ギョウザでビールをのんでいました。

「な、このペンじくの太《ふと》さがいいんだよ。にぎりごこちがいい」

おとうさんは、万年筆《まんねんひつ》を手《て》にもったり、さすったりです。

和人《かずと》はほっとして、
うたいました。

おとなとおとなが
けんかして
あっというまに
なかなおり
　あっぷっぷ

安心《あんしん》した和人《かずと》は、階段《かいだん》をかけおりてくると、高《たか》くあげた両《りょう》手《て》を丸《まる》にして、おじいちゃんたちにしらせました。

「そうだろう。とめなくてもとまるけんかは、いいけんかよ。ほれ、けんかにかんぱいだ」

おじいちゃんは、まだのこっていたビールのグラスをもちました。

おばあちゃんは、和人《かずと》のグラスにもジュースをみたしてくれました。

――けんかに　かんぱーい――

＊

和人《かずと》はこの日《ひ》、給食当番《きゅうしょくとうばん》でした。あとかたづけをすませて運動場《うんどうじょう》へでてみると、鉄棒《てつぼう》のあたりに、みんながひとかたまりになっています。

そのなかに、圭太《けいた》の背中《せなか》もみえました。

「なにしてるの」

和人《かずと》は走《はし》っていって声《こえ》をかけました。

「こいつ、ウソつきなんだよ」

小川康介《おがわこうすけ》が、圭太《けいた》を指《ゆび》さしていいました。

「そうだよ。三年生《ねんせい》になったら、自転車《じてんしゃ》買《か》ってもらえるんだって、ずっといってたのにな。まあだ16インチのぼろ自転車《じてんしゃ》じゃないか」

「よく、そんなウソがいえるよな」

口《くち》ぐちにせめたてます。

和人《かずと》が、ずっと心配《しんぱい》していたことが、おこってしまったの

です。

圭太《けいた》の自転車《じてんしゃ》があたらしくなっていないことに、だれも気《き》づいてくれないようにとねがっていました。

それが、康介《こうすけ》があたらしい自転車《じてんしゃ》を買《か》ってもらったことから、「あれ、圭太《けいた》は」ということになってしまったようです。

「圭太《けいた》は、ウソつきなんかじゃあないよ」

和人《かずと》が大《おお》きな声《こえ》でいおうとしたとき、圭太《けいた》の目《め》が――なにもいわないでくれ――とたのみこむように、和人《かずと》をみつめて

いました。

（家《いえ》の事情《じじょう》を、いってしまえばいいじゃあないか。ウソつきなんかじゃあないって）

和人《かずと》はそう思《おも》うのに、圭太《けいた》はそれをいいたくないようです。

歯《は》をくいしばって、だまったままです。

「ウソつき」

「ウソつき圭太《けいた》」

そういって、みんな、はなれていきました。

和人《かずと》は家《いえ》へかえると、おじいちゃんに話《はな》してみました。

「そうか。シャッターをおろした店《みせ》の事情《じじょう》は、きびしいんだよ。子《こ》どもだからって、かんたんにわけなんていえないんだ。そっとみまもってやるのが、けんか係《がかり》の役目《やくめ》だぞ」

おじいちゃんは、しずかにいいました。

みまもって、どうしてやればいいんだろう。先生《せんせい》に話《はな》したら、いいつけ口《ぐち》のようになってしまうしな……。

そんなとき真先生《まことせんせい》が、圭太《けいた》のようすに気《き》づいてくれました。

「圭太《けいた》、ちょっと手伝《てつだ》ってくれ」

先生《せんせい》にいわれて、圭太《けいた》は放課後《ほうかご》の教室《きょうしつ》に、ひとりのこりました。

「圭太《けいた》よ、なにか心配《しんぱい》なことがあるのか。よかったら話《はな》してくれないかなあ」

先生《せんせい》は、圭太《けいた》のとなりにたって、しずかにいいました。

圭太《けいた》はだまったままです。

先生《せんせい》もだまって、へんじをまっていました。

「ぼくは、みんなにウソつきっていわれています。ぼくは、ウソなんかついてません。でもやっぱりウソつきです……」

圭太《けいた》は、ぼつぼつと、お店《みせ》のことも話《はな》しました。

「そうか、よくがんばったな。どうしてもその事情《じじょう》はいいたくないんだな。先生《せんせい》が圭太《けいた》にかわって、みんなに話《はな》してやってもいいんだぞ」

先生《せんせい》がいいました。

「ウソつきのままでいいです」

圭太《けいた》はそういうばかりです。

「そうか、あたらしいお店《みせ》ができて、自転車《じてんしゃ》が買《か》ってもらえるまでがまんしてみるか。三年生《ねんせい》には、むずかしいがまんだよな」

先生《せんせい》は圭太《けいた》のかたに手《て》をおいて、いいました。

「はい、和人《かずと》だけはわかってくれているから」

圭太《けいた》はいいました。

和人《かずと》のおじいちゃんは、紙《かみ》しばいをもっていった先《さき》ざきで、お茶《ちゃ》をいただいたりするたびに、

「どこかに、もう小《ちい》さくなって乗《の》らなくなった、24インチぐらいの自転車《じてんしゃ》があったら、ゆずってもらえませんかね」

と、聞《き》いてくれていました。すると若葉小学校《わかばしょうがっこう》の主事《しゅじ》さんが、

「孫《まご》むすこがきゅうに背丈《せたけ》がのびて、たんじょう日《び》に自転車《じてんしゃ》を買《か》ってやったので、つかってもらえたらうれしい」

と、そういってくれました。

サビをおとして、きれいにして
とどけてくれました。
でも、そこで、おじいちゃん
はなやみました。
「お古《ふる》ではいやかもしれない。
ここまでがまんしたのだから、
あたらしい店《みせ》が開《ひら》けて、買《か》って
もらえるまで、またせるほうがいいのか……」

と和人《かずと》に話《はな》していたとき、圭太《けいた》が走《はし》ってきて、

「あのねえ、駅《えき》の北口《きたぐち》にいいお店《みせ》が借《か》りられて、六月一日《がっついたち》に開店《かいてん》できるんだって」

圭太《けいた》のはずんだ声《こえ》です。

「そうか、よかったよかったな」

「おめでとう。この日《ひ》をまってたんだよな」

和人《かずと》とおじいちゃんの声《こえ》がかさなりました。

そこで和人《かずと》は、そっと聞《き》いてみました。

「あのー、この自転車《じてんしゃ》、おじいちゃんが、圭太《けいた》に乗《の》ってもらえるかなって、もらってきたんだけど……。お古《ふる》じゃあいやかなあ」

「え、ぼくに……いいの？　きれいじゃあないか」

圭太《けいた》の顔《かお》が、ぱっとかがやきました。

「ありがとう、もらってくれるか」

おじいちゃんもほっとして、すなおにもらってくれたことを、よろこびました。

その夜《よる》、圭太《けいた》は、真先生《まことせんせい》に手紙《てがみ》を書《か》きました。

先生《せんせい》、お店《みせ》が開《ひら》けるようになりました。和人《かずと》のおじいちゃんが、おさがりの自転車《じてんしゃ》ももらってきてくれました。新車《しんしゃ》よりも、もっとうれしい自転車《じてんしゃ》です。ウソをつくつもりはなかったけれど、ウソつきになっていました。いまはもう、みんな話《はな》して、ごめんなさいをいいます。

西山圭太《にしやまけいた》

手紙《てがみ》は、朝《あさ》の職員室《しょくいんしつ》の、真先生《まことせんせい》のつくえの上《うえ》においておきました。

一校時《こうじ》のはじめに、先生《せんせい》は圭太《けいた》の手紙《てがみ》を、みんなの前《まえ》でよんでくれました。お店《みせ》のこともみんな話《はな》してくれました。

「ウソつきになって、ごめんなさい」

圭太《けいた》が立《た》ちあがっていうと、いじわるをした康介《こうすけ》たちも、立《た》ちあがってごめんなさいの顔《かお》です。

真先生《まことせんせい》が手《て》をたたきました。和人《かずと》がすぐにあわせました。

そして、教室《きょうしつ》いっぱいの拍手《はくしゅ》です。

「圭太《けいた》もよくがんばった。あたらしいお店《みせ》が開《ひら》けるまでは、買《か》ってもらえないわけなんて、いえなかったんだ。自分《じぶん》のなかでけんかをしてたんだよ。そのけんかをみまもってくれていた、けんか係《がかり》もごくろうさま。これからも、いろいろなけんかをして、なかよしになろうよな」

真先生《まことせんせい》のはれやかな笑顔《えがお》です。

給食《きゅうしょく》になりました。この日《ひ》の日直《にっちょく》は、あの内田《うちだ》一樹《かずき》です。

「安心《あんしん》して、けんかをさせてくれる、けんか係《がかり》とがんばった圭太《けいた》にかんぱいしましょう」

一樹《かずき》の声《こえ》です。

和人《かずと》と圭太《けいた》がびっくりした顔《かお》をみあわせているなかで、みんなもう牛乳《ぎゅうにゅう》パックを手《て》にもって、賛成《さんせい》です。

――けんか係《がかり》と圭太《けいた》に　かんぱーい――

牛乳《ぎゅうにゅう》パックが、高《たか》くたかくあがりました。

宮川ひろ（みやかわ　ひろ）

群馬県に生まれる。金華学園教員養成所卒業。新日本童話教室に学んだ後、「びわの実学校」に投稿。赤い鳥文学賞他、数々の賞を受ける。創作に「天使のいる教室」（童心社）、「先生のつうしんぼ」（偕成社）、絵本に「びゅんびゅんごまがまわったら」「さくら子のたんじょう日」（ともに童心社）他作品多数。

小泉るみ子（こいずみ　るみこ）

北海道に生まれる。早稲田大学文学部卒業後、絵を描き始める。「小泉るみ子四季の絵本」シリーズ（ポプラ社）で、故郷を舞台に北の大地の四季を透明感あふれるタッチで描く。さし絵の仕事に「ジャンポールという名の魚」「あたしが部屋から出ないわけ」（ともに文研出版）など多数。

けんかに　かんぱい！

二〇一二年四月一日　第一刷発行
二〇一七年四月二十五日　第八刷発行

作●宮川ひろ
絵●小泉るみ子
カバー・トビラデザイン●コガシワカオリ
発行所●株式会社童心社
東京都文京区千石四─六─六
電話　〇三─五九七六─四一八一（代表）
〇三─五九七六─四四〇二（編集）
印刷・製本●図書印刷株式会社

http://www.doshinsha.co.jp/
Published by DOSHINSHA　Printed in Japan
ISBN978-4-494-01958-8
NDC 913　21.5×15.3cm　96p
参考文献●『子どもの目は澄んでいる』戸田唯巳（明治図書）
取材協力●佐藤静子